Henry Harrisse

Histoire critique de la découverte du Mississipi ! 1669-1673

D'après les documents inédits du Ministère de la marine

Antigonos

Henry Harrisse

Histoire critique de la découverte du Mississipi ! 1669-1673

D'après les documents inédits du Ministère de la marine

Réimpression inchangée de l'édition originale de 1872.

1ère édition 2024 | ISBN: 978-3-38817-369-6

Antigonos Verlag est une marque de Outlook Verlagsgesellschaft mbH.

Verlag (Éditeur): Outlook Verlag GmbH, Zeilweg 44, 60439 Frankfurt, Deutschland, info@outlook-verlag.de
Vertretungsberechtigt (Représentant autorisé): E. Roepke, Zeilweg 44, 60439 Frankfurt, Deutschland
Druck (Imprimerie): Libri Plureos GmbH, Friedensallee 273, 22763 Hamburg, Deutschland

HISTOIRE CRITIQUE

DE LA

DÉCOUVERTE DU MISSISSIPI

(1669-1673)

D'APRÈS LES DOCUMENTS INÉDITS DU MINISTÈRE DE LA MARINE.

———

(Extrait de la *Revue maritime et coloniale* de Mars 1872.)

———

PARIS,

IMPRIMERIE ET LIBRAIRIE ADMINISTRATIVES

(SOCIÉTÉ ANONYME — PAUL DUPONT, DIRECTEUR),

Rue Jean-Jacques-Rousseau 41. (Hôtel des Fermes).

—

1872

HISTOIRE CRITIQUE

DE LA

DÉCOUVERTE DU MISSISSIPI

(1669-1673)

D'après les documents inédits du ministère de la marine.

L'auteur de la *Bibliotheca Americana Vetustissima* [1] vient de faire paraître trois nouveaux ouvrages [2].

Le premier est un volume de 250 pages, grand in-8, écrit en anglais, qui, sous le titre d'*Additions to the Bibliotheca Americana Vetustissima*, décrit environ 180 ouvrages de la plus grande rareté, imprimés avant l'année 1550, et ayant trait à la découverte, à la géographie et à l'histoire de l'Amérique. Cette nouvelle publication porte à près de cinq cents les ouvrages de cette catégorie publiés dans la première moitié du xvie siècle, et que l'auteur a décrits, critiqués et commentés avec le plus grand soin. Ternaux, pour la même période, ne donne que cinquante-sept titres, et Rich trente-quatre seulement, et encore ne sont-ils cités qu'en abrégé et sans notes aucunes. Nous remarquons dans les *Additions* une introduction de quarante pages, qui est une description détaillée d'un voyage dans toutes les bibliothèques de l'Europe à la recherche de rarissime *Americana* et de manuscrits inédits. Les historiens du Nouveau-Monde y verront avec plaisir

---

[1] M. Henry Harrisse, avocat au barreau de New-York.
[2] Chez Edwin Tross, libraire-éditeur, 5, rue Neuve-des-Petits-Champs.

le texte latin, si longtemps et si vainement cherché, de la fameuse lettre écrite à Fernam Martins par Toscanelli, et envoyée par ce dernier à Christophe Colomb. Ce précieux document a été découvert à la Colombine de Séville, copié de la main de l'amiral sur les feuillets de garde d'un livre lui ayant appartenu. Il y a aussi les relations envoyées d'Espagne par les ambassadeurs vénitiens lors des premiers exploits de Fernand Cortès. Ces pièces proviennent de la Marciana, et présentent un très-vif intérêt.

Le second ouvrage, écrit en espagnol, et publié par la société des bibliophiles andaloux, est un in-4 de 230 pages, qui porte le titre de *Don Fernando Colon, historiador de su padre*. C'est peut-être le travail le plus important qu'on ait publié depuis longtemps sur cette matière.

Nos lecteurs n'ignorent pas que jusqu'à présent la base de toute histoire de Christophe Colomb et de ses découvertes, la « clef de voûte » enfin de l'histoire de l'Amérique, comme l'appelle Washington Irving, était une biographie étendue de l'amiral, publiée à Venise en italien, dans l'année 1571, et attribuée à son fils Fernand. Irving, Navarrete, Bossi, Napione, Humboldt, tous les historiens le citent à chaque page, heureux qu'un monument si précieux fût parvenu à travers les siècles jusqu'à eux.

L'auteur de cet essai critique, démontre, pièces en main, que le livre, tel qu'il est, n'est pas et n'a jamais pu être écrit par Fernand Colomb ; qu'enfin c'est une supercherie littéraire, à laquelle Alonso de Ulloa, écrivain d'une moralité suspecte n'est pas complètement étranger. Nous ne voulons pas dire cependant, que tous les faits et les documents publiés dans les *Historie* soient apocryphes ; il faut, au contraire, les accepter, mais après les avoir soigneusement pesés et analysés. Le livre vénitien a évidemment pour base soit une histoire de l'amiral écrite par Perez de Oliva ; aujourd'hui malheureusement perdue, mais dont l'existence est démontrée par le catalogue de la Colombine, rédigé par Fernand Colomb lui-même, soit des pièces dont plusieurs existent encore, et d'autres qui pouvaient être à Séville lorsque Ulloa traduisait certains ouvrages de Oliva, ou décrivait presque *de visu* la Bibliotheca Colombina [1].

Le troisième ouvrage, écrit en français, porte le titre de *Notes pour servir à l'Histoire, à la Bibliographie et à la Cartographie de la Nouvelle-France et des pays adjacents*, 1540-1700 ; c'est-à-dire sous François Ier, Henri IV, Louis XIII et Louis XIV. C'est un fort volume in-8, donnant une description critique de tous les ouvrages publiés avant 1700, qui traitent du Canada et de la Louisiane, de tous les documents datés de cette période, mais imprimés depuis, et de toutes les cartes, manuscrites et gravées. Un grand

---

[1] Dans la préface de son *Historia dell' impresa di Tripoli*, s. l. n. d., mais Venise, 1566, in-4.

nombre de ces pièces sont décrites pour la première fois. L'introduction est une histoire détaillée des archives de la marine.

Nous détachons de ce livre, le chapitre qui traite de la découverte du Mississipi.

————————

I

Depuis l'année 1639 les colons du Canada avaient des indices sur l'existence d'un grand fleuve qu'ils pensaient devoir déboucher près du golfe du Mexique ou dans une mer située plus à l'Ouest. Les premières notions avaient été recueillies par Jean Nicolet, lors de son voyage à Green Bay et à la rivière des Renards, et l'on doit reconnaître que l'idée d'explorer ces régions inconnues date non-seulement de ces données, mais que les jésuites furent les premiers à l'exprimer. [1]

D'autres rapports parvinrent plusieurs fois aux missionnaires, et nous voyons qu'en 1666 le P. Jean Allouëz pouvait parler du grand

---

[1] « Mais je diray en passant que nous avons de grandes probabilités, qu'on peut descendre par le second grand lac des Hurons, et par les peuples que nous auons nommés dans cette mer qu'il cherchoit (Dermer, l'Anglais, que M. de Montmagny renvoya du Canada en 1640). Le sieur Nicolet qui a le plus avant pénétré dedans ces pays si éloignés, m'a asseuré que s'il eust vogué trois jours plus auant sur un grand fleuve qui sort de ce lac qu'il auroit trouvé la mer qui respond au nord dé la nouvelle Mexique, et que de cette mer, on auroit entrée vers le Japon et vers la Chine ; néanmoins comme on ne sçait pas où tire ce grand lac, ou cette mer douce, *ce seroit une entreprise généreuse d'aller descouvrir ces contrées.* » (Relation de l'année 1640, chap. X, p. 36.)

« Les sauvages qui habitent la pointe de ce lac la plus éloignée de nous ont donné des lumières toutes fraisches qui ne déplairont point aux curieux, touchant le chemin du Japon et de la Chine, dont on a fait tant la recherche. Car nous apprenons de ces peuples, qu'ils trouvent la mer de trois costez: du costé du Sud, du costé du Couchant et du costé du Nord... et de la mesme extrémité du lac Supérieur, tirant au suoüest, il y a environ deux cent lieuës jusqu'à vn autre lac qui a sa décharge dans la mer Vermeille, coste de la grande mer du Sud ; et c'est de l'vn de ces deux costés que les sauvages qui sont à quelques soixante lieuës plus à la l'Occident de nostre lac Supérieur, ont des marchandises d'Europe, et, mesme disent avoir vu les Européens. *Si l'Iroquois le permet nous pourrons bien nous aller éclairer plus nettement.* (Relation de 1667, chap. III, p. 9).

fleuve et le citer sous le nom qu'il porte encore aujourd'hui : le *Messipi* [1]. ·

Un Normand, René Robert Cavelier, sieur de la Salle, devait tenter le premier d'arriver à cette rivière lointaine que beaucoup supposaient conduire à la Chine et au Japon.

Né à Rouen, où il fut baptisé le 22 novembre 1643 [2], de la Salle appartenait à une famille de marchands aisés. Elevé chez les jésuites, mais ne se sentant pas la vocation pour entrer dans les ordres, il sortit du séminaire en 1666. De l'héritage de son père, de la Salle n'obtint que le capital de 400 livres de rentes. Muni de cette somme modique, il s'embarqua pour aller tenter la fortune au Canada, idée qui peut-être lui était venue en voyant que son oncle avait figuré parmi les cent-sept fondateurs de la fameuse compagnie de la Nouvelle-France, et que son frère, l'abbé Jean Cavelier, sulpicien, habitait le pays.

Pionnier d'abord, au lieu appelé aujourd'hui La Chine, il vendit la concession qu'il avait obtenue gratuitement de l'abbé de Queylus, et à l'instigation de M. de Courcelles et de M. Talon [3] commença la carrière qui devait l'illustrer. S'associant avec deux sulpiciens, François Dollier de Casson, ancien officier de cavalerie, prêtre du diocèse de

---

[1] « Les Illounouëe parlent Algonquin, mais beaucoup différent de celuy de tous les autres peuples. Ils ne demeurent pas dans ces quartiers, leur païs est à plus de soixante lieuës d'icy, du costé du Midy, au dela d'une grande rivière qui se décharge, autant que je puis coniecturer, en la mer, vers la Virginie. »

« Les Nadouessioneck. Ce sont peuples qui habitent au couchant d'icy, vers la grande riviere, nommés *Messipi*. » (Relation de 1667, chap. XI et XII, pp. 21-23.)

[2] M. Margry (*Revue de Rouen*, 1817, et *Journal de l'instruction publique*, 1862).

[3] « C'est aux premières de ces découvertes que nous avons envoyé, Monsieur de Courcelles et moy, le sieur de la Salle qui a bien de la chaleur pour ces entreprises. » *Mémoire adressé au roi par M. Talon*, de Québec le 10 novembre 1670. — Archives du ministère de la marine, manuscrit. Voir aussi Broadhead, vol. IX, p. 64. — Dans ce dernier mémoire, en date du 10 octobre 1670, le nom de de la Salle n'est pas mentionné parmi les « aduenturiers en campagne qui sont en la decouverte de pays inconnus. »

Jean Talon, ancien intendant du Hainaut, l'administrateur le plus éminent que Louis XIV ait envoyé au Canada, et à qui la France est redevable des premières découvertes de de la Salle, de Daumont de Saint-Lusson, de Denys de Saint Simon et de Jolliet, reçut sa commission d'intendant du Canada le 23 mars 1665 et débarqua à Québec en compagnie de M. de Courcelles le 12 septembre suivant. M. Talon retourna en France en 1668, revint au Canada en 1670, fut anobli en 1671, sous le titre de baron des Islets, et repassa définitivement en France en 1672. En 1675 il obtint pour lui et ses héritiers la baronnie d'Ormale. Il semble avoir été un descendant d'Artus Talon, frère du premier Omer Talon, et originaire de la Champagne.

Nantes, qui avait été envoyé au Canada en 1666 par M. de Breton-
villiers, et René Brehan de Galinée, diacre du diocèse de Rennes, il se
mit bravement en leur compagnie à la recherche des régions inconnues. Le but de cette première expédition était d'arriver à l'Ohio,
grand fleuve non encore exploré et qu'on confondait peut-être alors
avec le Mississippi. Partis des environs de Montréal le 16 juillet 1669, les
trois voyageurs et leur escorte remontèrent le Saint-Laurent, côtoyèrent
la rive Sud du lac Ontario, et arrivèrent le 24 septembre suivant au
village de Tenaoutoua, où ils rencontrèrent deux compatriotes qui y
étaient depuis la veille. Un de ces Français était Louis Jolliet [1], que M.
de Courcelles avait envoyé à la découverte d'une mine de cuivre au
lac Supérieur. Il revenait sans avoir réussi, mais après s'être rendu
compte des magnifiques p ys qui avoisinent les grands lacs. Par ses
descriptions, Jolliet dissuada les sulpiciens de poursuivre la route
qu'ils s'étaient tracée, et le 1ᵉʳ octobre ils partirent dans la direction
du lac Erié. MM. Dollier et de Galinée, arrivèrent effectivement au
rives de ce lac, le 14 octobre, y hivernèrent, et le 23 mars 1670 prirent
possession au nom du roi de France des régions environnantes, qu'ils
qualifiaient de « Paradis terrestre du Canada. »

Malade, de la Salle s'était refusé à les suivre, mais aussitôt les sulpiciens partis, il continua sa route, suivi de ses quatorze engagés.
Après avoir passé Onondaga, le courageux voyageur toucha à quelque
distance du lac une petite rivière qui le conduisit à l'Ohio, fleuve qu'il
descendit. Jusqu'où ? Atteignit-il le Mississippi ?

C'est ici que s'élèvent un doute et une question de priorité.

Doit-on admettre que Jolliet lors de son entrevue avec de la Salle à
Tenaoutoua en 1669, et en conséquence des renseignements fournis à
Jolliet par de la Salle, ou par les confidences de ce dernier, avant
l'année 1673, conçut l'idée de l'exploration que lui, Jolliet, devait
tenter plus tard avec le P. Marquette ; ou doit-on croire que c'est de
la Salle qui emprunta à Jolliet [2] lors du retour de ce dernier en 1674,

---

[1] Louis Jolliet est né à Québec, où il fut baptisé le 21 septembre 1645. Il était
fils de Jean Jolliet, natif de la Brie, charron de la compagnie des Cent Associés. Il
reçut la tonsure et les ordres mineurs le 10 août 1662, termina avec distinction sa
philosophie au collége des Jésuites en 1666, et abandonna l'état ecclésiastique vers
1668, pour se livrer aux explorations et à la traite des pelleteries. (Ferland.
Notes sur les registres de Notre-Dame de Québec, 1863, in-8, p. 51.) Voir aussi
P. Margry, *Journal de l'instruction publique*, 1866-67.

[2] « When Jolliet passed down Lake Ontario, in 1674, he stopped at Fort Fron-

les renseignements qui devaient lui permettre d'accomplir son grand voyage de 1679-1682 ?

Enfin de la Salle a-t-il découvert le Mississippi en 1669 ou en 1671, c'est-à-dire plusieurs années avant Jolliet et Marquette ?

Charlevoix [1], Jared Sparks [2], M. J. Gilmary Shea [3] et le P. Tailhan [4] décident en faveur de Jolliet et du P. Marquette. Les récollets [5], M. Margry [6], M. Gravier [7], au contraire, déclarent que c'est à Cavelier de la Salle que revient l'honneur de la découverte du grand fleuve. M. Parkman [8], avec son grand sens historique, ne croit pas que le fait soit prouvé.

Les récollets se contentent d'affirmer, M. Margry et M. Gravier, d'après lui, s'appuient sur des documents. Nous nous proposons de les examiner.

Ce serait d'abord des faits signalés « d'après un mémoire de René Brehan de Galinée. » [9] Nous n'avons pu nous le procurer ; mais il est certain que lorsque l'abbé de Galinée se sépara de de la Salle à Tenaoutoua, personne de l'expédition n'avait encore vu le Mississippi ; et

---

tenac, where La Salle was then commander under Frontenac. He was thus one of the first to know the result of Jolliet's, voyage, and, perhaps, was one of the few that saw his maps and journal which were lost before he reached the next French post. » Shea, *loc. cit.*, p. XXXIV.

Il est évident que Jolliet, qui se rendait en canot à Montréal lorsqu'il fit naufrage sur le Saint-Laurent, le 14 août 1674, dut passer par le fort Frontenac, mais il n'est pas prouvé que de la Salle y fut alors. Par sa pétition adressée au roi, en 1674, pour obtenir la concession et la seigneurie du fort de Frontenac ou Kaharakouy (Broadhead, IX, p. 122) de la Salle dit bien qu'il y avait commandé quelques temps, mais il était en France en 1674. « L'année suivante, 1674, M. de la Salle passa en France afin de demander la propriété du fort de Kaharakouy au roi. » (*Hist. de la colonie française en Canada*, vol. III, p. 472.) Comme nous n'avons pas la date précise du voyage de de la Salle en France, on peut à la rigueur supposer qu'il était au fort en août 1674, mais le fait de rapports personnels ou d'une communication de la découverte faite par Jolliet et des documents qui en témoignent, ne peut être ici qu'une simple conjecture.

[1] *Histoire de la Nouvelle-France*, I, p. 454.

[2] *Library of American Biography*, 2d series, vol. I. 1844.

[3] *Discovery and exploration of the Mississipi Valley*. 1852.

[4] *Mémoires sur les mœurs des sauvages, de Nicolas Perrot*. Paris 1864, in-8, notes, p. 230.

[5] Le P. Douay, *ap.* Le Clercq, *Etablissement de la Foy, II*, p. 300.

[6] *Journal de l'instruction publique*, 30 juillet—17 septembre, 1862.

[7] *Découvertes et établissement de Cavelier de la Salle*. Paris, 1870, in-8.

[8] *Discovery of the Great West*, p. 25. 1869.

[9] *Journal de l'instruction publique*, 1862, p. 625.

comme les deux sulpiciens s'en allèrent dans une autre direction, et ne purent revoir de la Salle que deux ans plus tard, le témoignage de Galinée ne saurait être ici d'une incontestable valeur. Mais nous croyons que cette désignation est erronée, et qu'il s'agit d'un mémoire que M. Margry attribue à *un ami de Galinée*, et que M. Parkman [1] suppose, peut-être à tort, avoir été rédigé par Louis-Armand de Bourbon, second prince de Conti, protecteur ardent de Cavelier de la Salle.

D'après M. Parkman, qui a réussi à en obtenir une copie, c'est un écrit anonyme, non daté, rompli d'erreurs de noms et de latitudes, extrèmement partial à l'égard de de la Salle, et dont on ignore la provenance. Le manuscrit est divisé en deux parties ; la première porte le titre de *Mémoires sur M. de la Salle*, et semble être un factum de quelque janséniste contre les jésuites ; l'autre est intitulé *Histoire de M. de la Salle*, et serait le résumé de plusieurs conversations tenues par l'auteur avec de la Salle à Paris, dans l'été de 1678. Nous ignorons si la rédaction définitive est de cette année ou d'une époque postérieure.

Avec des données aussi limitées, il est difficile de juger de l'authenticité de cet écrit, et nous en sommes réduits à porter notre examen sur quelques fragments que M. Parkman a eu la prévoyance d'ajouter en note à son excellent ouvrage : *The Discovery of the Great West.*

Nous prenons notre premier extrait au moment, où après s'être séparé des sulpiciens à Tenaoutoua, le 1er octobre 1669, de la Salle, avec ses quatorze engagés, reprend sa course vers l'Ouest :

« Cependant M. de la Salle continua son chemin par une rivière qui va de l'est à l'ouest.... et estant parvenu jusqu'au 280me ou 83me degré de longitude, et jusqu'au 41me degré de latitude, trouva un sault . qui tombe vers l'ouest dans un pays bas.... il trouva quelques sauvages qui lui dirent *que fort loin de là* le mesme fleuve qui se perdoit dans cette terre basse et vaste se réunissoit dans un lit. Il continua donc son chemin, mais comme la fatigue estoit grande, 23 ou 24 hommes qu'il avait menez jusque là le quittèrent tous en une nuit, regagnèrent le fleuve et se sauvèrent.... Il se vit donc seul à 400 lieues de chez luy, où il ne laisse pas de revenir, remontant la rivière.... »

D'après ce récit, arrivé au Saut, de la Salle apprend par des sau-

---

vages qu'au delà, « fort loin », ce même fleuve (l'Ohio nécessairement), « se réunissait dans un lit » ; mais il n'est nullement question de large rivière descendant du Nord au Sud, et allant se perdre dans le golfe du Mexique, et encore moins d'une expédition dans le but de vérifier l'assertion des sauvages. Il continue son chemin, il est vrai, mais abandonné par ses hommes qui regagnent la rivière (par laquelle ils étaient venus), lui-même revient à cette rivière, qu'il remonte.

C'est au critique à décider, si la phrase « il continue donc son chemin » implique qu'il a franchi ainsi seul, malgré la fuite de ses compagnons, en dépit de la fatigue et des obstacles, à travers « une terre basse et vaste », les 380 milles qui le séparaient encore du Mississipi. Nous ne croyons pas que le ton et l'ensemble du passage cité se prêtent à une semblable interprétation.

C'est donc dans un autre extrait qu'il faut chercher la découverte du Mississipi par de la Salle. Le mémoire, racontant une seconde expédition, dit que ce hardi voyageur, s'embarquant sur le lac Erié, entra par le détroit dans le lac Huron, lequel il remonta jusqu'à la péninsule de Michigan, et passant la baie des Puants : « Il reconnut une large baye incomparablement plus large, au fond de laquelle vers l'ouest, il trouva un très-beau hâvre, et au fond de ce hâvre un fleuve qui va de l'est à l'ouest. Il suivit ce fleuve [1] et estant parvenu jusqu'environ le 280ᵐᵉ degré de longitude et le 39ᵐᵉ latitude, il trouva un autre fleuve qui se oignant au premier, couloit du nord-ouest, et il suivit ce fleuve jusqu'au 36ᵐᵉ degré de latitude. » [2] Mais quelle est l'époque précise de ce second voyage? Est-elle antérieure ou postérieure à 1674 ? C'est ce que le mémoire passe sous silence. N'a-t-on pas aussi lieu de s'étonner que de la Salle soit allé au Mississipi par cette route? A en juger par la description du voyage de 1669, telle que le mémoire anonyme nous la donne, lorsque de la Salle s'arrête au saut de l'Ohio et revient à à Québec, ce n'est pas parce qu'il croit la route impraticable. Il est au contraire persuadé que c'est le chemin du Mississipi ; malheureusement se voyant abandonné par son équipe, il retourne sur ses pas, le cœur navré, mais décidé à revenir. On croirait que lorsque dans

---

[1]. Si c'e t l'Illinois, il peut y être entré par la rivière Chicago, après avoir porté son canot par terre jusqu'à la rivière des Plaines qui se jette dans l'Illinois.

[2] Quoi de plus erroné que ces chiffres ? En les appliquant aux cartes de l'époque, celles de Coronelli par exemple, 280 longitude × 39 latitude reportés sur une carte actuelle nous donnent la rivière de l'Illinois à plus de trois degrés du Mississipi.

l’automne de 1670, par l’ordre de M. Talon, il se remet de nouveau en route pour continuer ses explorations « au costé du sud de ce païs »,[1] il va tout naturellement reprendre cette route, qu’il connaît, dans laquelle il croit, et qu’il n’a quittée la première fois qu’à son corps défendant. Comment se fait-il que ce ne soit pas par le Sud, mais par le N.-O., à une distance si considérable, qu’il tente de nouveau cette découverte?

Les partisans de de la Salle trouvent une confirmation du mémoire anonyme dans les cartes de Jolliet que nous décrivons plus loin, mais ces cartes ne donnent pas comme route suivie par de la Salle l’extrême Nord des grands lacs et de la rivière des Illinois; elles précisent *la ligne de l’Ohio*, ce qui est bien différent. Le tracé de Jolliet se rapporte donc forcément à la première expédition de 1669, laquelle d’après le mémoire même qu’on invoque, eut pour limite extrême les environs du saut de Louisville.

Mais il y a un autre témoignage qui est autrement important, c’est celui que nous donne Cavelier de la Salle lui-même, à une époque qui est presque celle du mémoire anonyme, et en tout cas postérieure de trois ans au retour de Jolliet, et à sept ans de ce second voyage de Cavelier de la Salle, qu’on représente comme décisif.

Dans un mémoire adressé par de la Salle au comte de Frontenac, en date du —— 1677[2], parlant à la troisième personne, de la Salle dit que « l’année 1667 *et les suivantes*, il fit divers voyages avec beaucoup de dépenses, dans lesquels il découvrit beaucoup de pays au sud des grands lacs, entre autres, la grande rivière Ohio. Il la suivit *jusqu’à un endroit où elle tombe*, de fort haut, dans de vastes marais, à la hauteur de 37 degrés, *après avoir été grossie par une autre rivière fort large*, qui vient du nord; et toutes ces eaux se déchargent, selon toutes les apparences, dans le golfe du Mexique, et lui font espérer de trouver une nouvelle communication avec la mer.... »

Voici donc, de l’aveu de de la Salle lui-même, le bilan de ses découvertes dans ces régions jusqu’à l’année 1677.

La première phrase à laquelle le critique s’arrête dans cet extrait, c’est celle où de la Salle dit avoir le premier découvert beaucoup de pays au Sud des grands lacs, « entre autres la grande rivière d’Ohio. »

---

[1] Talon, *Mémoire au roy.* 2 novembre 1671.

[2] Cité par M. Margry, *Journal de l’instruction publique*, 1862, p. 623.

Que signifient ces mots ? Impliquent-ils la découverte. du Mississipi?

A l'époque où de la Salle se livrait tout entier à l'exploration de ces régions inconnues, il était possédé d'une idée fixe, idée que tout le monde à la Nouvelle-France, depuis le gouverneur et l'intendant jusqu'aux missionnaires et aux coureurs de bois, partageait et rêvait de voir se réaliser.

Cette idée était la découverte d'un fleuve immense, que des traditions et de vagues rapports disaient conduire à la mer Vermeille ou dans le golfe du Mexique, à proximité des mines de Sainte-Barbe, où l'imagination et la convoitise voyaient miroiter des richesses incalculables, qu'il eut été de bonne guerre de ravir aux Espagnols.

Est-il probable que si de la Salle eût découvert ce fleuve tant désiré, cette route du nouveau Pactole, et que s'adressant au gouverneur général du Canada, dont il sollicitait l'appui, il se fut contenté de cette piètre expression « entre autres », pour s'étendre avec complaisance sur la découverte de l'Ohio, dont le principal mérite était justement d'être un des affluents supposés de ce fleuve fameux?

Maintenant doit-on supposer que la « rivière fort large » dont il parle est le Mississipi même ? Mais de la Salle déclare qu'elle se jette dans l'Ohio avant d'arriver au saut. Or l'Ohio dans tout son parcours n'a qu'un saut, lequel se trouve à 38 degrés et quelques minutes de latitude Nord. De la Salle dit n'être allé que jusqu'à ce saut. Mais de ce saut au Mississipi il y a une distance de plus de 300 milles, alors couverte, paraît-il, en partie « de vastes marais » ; et rien dans son mémoire n'indique qu'il ait franchi une distance aussi considérable et si difficile à parcourir.

Si au contraire on veut supposer que de la Salle s'est trompé et a voulu dire que c'est *après* et non avant le saut que cette large rivière vient grossir l'Ohio, on n'a pas encore démontré que ce serait le Mississipi, car avant d'arriver au grand fleuve il y a une autre «large rivière », venant du Nord, qui se jette dans l'Ohio : la Wabash.

Il reste dont acquis que les détails donnés par de la Salle dans son mémoire au comte de Frontenac sur la route qu'il a suivie dans cette découverte, loin de confirmer le mémoire anonyme y contredisent.

Il y a encore d'autres faits qui militent contre l'opinion que de la Salle aurait découvert le Mississipi en 1670 ou avant Jolliet. Dans aucun écrit contemporain ou pendant un siècle après, on ne trouve de la part de de la Salle ou de celle de ses héritiers, une revendication de la découverte du Mississipi. Et cependant, lorsqu'il écrivait le mémoire adressé à Frontenac et tenait les conversations que l'auteur du mémoire anonyme lui attribue, la découverte de ce grand fleuve était ouvertement et hautement attribuée à Jolliet et à Marquette, tant au Canada qu'en France, depuis plus de trois ans. Et lorsqu'on songe qu'à cette époque de la Salle et Jolliet étaient rivaux dans des démarches auprès du gouvernement pour obtenir la concession du lac Erié, et que les passages que nous avons cités proviennent de mémoires rédigés dans le but de faire prévaloir les droits de Cavelier de la Salle sur son concurrent, on est étonné de l'absence de toute réclamation.

Il y a une négation cependant qui émane du comte de Frontenac. Elle se trouve dans une lettre où il est dit que : « Sur l'avis qu'ont eu les jésuites du dessein de M. de la Salle de demander la concession du lac Erié, ils ont résolu de faire demander eux-mêmes cette concession pour les sieurs Jolliet et Lébert, gens qui leur sont tout dévoués, et le premier desquels ils ont tant vanté, par avance, *quoiqu'il n'ait voyagé qu'après le sieur de la Salle*, lequel mesme vous témoignera que la relation de M. Jolliet est fausse en beaucoup de choses [1]. »

De quelle relation est-il ici question ? C'est ce qu'on ignore ; cependant nous pouvons affirmer qu'il ne s'agit ni des cartes ni des lettres de 1674, [2] mais d'une relation et de cartes de Jolliet produites probablement en France vers l'an 1680, et aujourd'hui perdues.

Quant au témoignage de de la Salle que le comte de Frontenac invoque, nous le possédons, et il est loin d'être concluant. Il se trouve consigné dans un mémoire adressé par de la Salle à Frontenac, le 9 novembre 1680[3].

Cette pièce rédigée dans le seul but de démontrer « la nécessité de poursuivre la découverte du Mississipi », ne contient que quelques lignes à l'adresse de Jolliet et de ses découvertes, les voici :

« Il n'y a pas d'European à l'embouchure de la grande rivière Colbert, et le monstre, dont le sieur Jolliet a apporté la figure, est un grotesque peint par quelque sauvage de cette riuiere dont personne n'a veu l'original. Il est à une journée et demie de Crevecoeur, et si

---

[1] Margry. *Journal de l'instruction publique*, 1862, p. 659.

[2] Cf. *infra*, page 12, note 1.

[3] Archives scientifiques de la marine, carton 672, n° 15, publié par Thomassy *De la Salle*, page 18.

le sieur Jolliet *eust descendu un peu plus bas*, il en eust veu vn plus affreux. Il n'a pas fait reflexion que les Mosopelea qu'il marque dans sa carte, étoient entièrement détruits *auant son voiage.* »

« Il marque dans cette même carte quantité de nations qui ne sont . que les noms des familles qui composent celle des Illinois: les Prouerea, Carcarchias, Tamaroa, Korakoenitanon, Chinko, Caokia, Chepoussea, Amanakoa, Ooukia, Acansa [1] et plusieurs autres formant le village des Ilinois. »

Les critiques de de la Salle ne s'appliquent ici qu'à des erreurs de détails, et il est à remarquer que loin de contredire au voyage de Jolliet, elles le confirment. Maintenant comment se fait-il que de la Salle ayant connaissance et du voyage et des prétentions de Jolliet à la découverte du Mississipi, ne profite pas de l'occasion pour nier cette découverte? Dans ce mémoire, où il ne s'agit absolument que du grand fleuve, de la Salle n'élève pas une seule fois la voix pour en revendiquer la découverte ; et lorsque le nom de son rival se présente à sa pensée, il ne songe qu'à lui reprocher d'avoir pris une espèce pour un genre, et un monstre peint sur une falaise pour un être vivant, quand il devrait accuser Jolliet de lui dérober une gloire conquise au prix de tant d'efforts.

Si malgré notre interprétation de ce passage, on persiste à dire que Frontenac maintient les droits de de la Salle sur les prétentions de Jolliet, le critique se trouve en présence d'une difficulté insurmontable. Il se voit obligé d'accuser le comte de Frontenac de se contredire.

Dans sa lettre du 14 novembre 1674, lettre qui accompagnait une des cartes que nous citons plus loin, Frontenac revendique hautement pour Louis Jolliet l'honneur d'avoir accompli la découverte du Mississipi: « Le sieur Jolliet, que M. Talon m'a conseillé d'envoyer à la découuerte de la mer du Sud lorsque j'arriuay de France, en est de retour depuis trois mois et a découuert des païs admirables et une nauigation si aysée par les belles riuieres qu'il a trouuées, que du lac Ontario, et du fort Frontenac, on pourroit aller jusques dans le golphe du Mexique.... Il a esté jusques a dix journées près du golphe de Mexique, et croit que par les riuieres qui du costé de l'ouest tombent

---

[1] Pas un seul de ces noms ne se trouve dans les cartes ou les lettres de Jolliet de 1674, ni dans la carte ou dans la relation du P. Marquette. Ces critiques s'adressent donc à des documents d'une date postérieure.

dans la *grande Riuiere qu'il a trouuée qui va du Nord au Sud*, et qui est aussy large quest celle de St. Laurens vis-à-vis de Quebec, on trouuerait des communications deaux.... Il auoit laissé dans le lac Supérieur, au Saut de Sainte Marie, chez les Peres, des copies de ses journaux que nous ne sceaurions auoir de lannée prochaine, par ou vous apprendrez plus de particularitez de cette découuerte, dont il s'est très bien acquitté. »

Nous laissons au lecteur la tâche de concilier l'opinion émise par Frontenac sur Jolliet en 1674, lorsqu'il voyageait d'après ses ordres, et celle qu'il exprime sur ce même Jolliet six ans plus tard lorsqu'il est persuadé que Jolliet voyage de compte à demi avec les jésuites dont lui, Frontenac, est, et avec raison, l'adversaire déclaré [1].

Mais il y a d'autres documents. Ce sont précisément les cartes dont une accompagnait la lettre de Frontenac de 1674.

Ces deux cartes donnent la route suivie par Jolliet et Marquette lors de leur voyage au Mississipi, et marquent le débouché de l'Ohio dans le grand fleuve. L'une porte au-dessous du tracé de l'Ohio ces mots : *Route du Sieur de la Salle pour aller dans le Mexique;* l'autre donne au même endroit la légende suivante : *Riviere par où descendit le Sieur de la Salle, au sortir du lac Erié, pour aller dans le Mexique.*

C'est au critique de démontrer que ces légendes veulent dire que de la Salle descendit l'Ohio *dans l'espérance* d'atteindre le golfe du Mexique par cette rivière ; ou qu'ayant connaissance du fait que l'Ohio se jette dans le Mississipi, il était convaincu de la possibilité d'arriver au golfe du Mexique par ce grand fleuve; et qu'en réalité il avait descendu l'Ohio non-seulement jusqu'au saut, mais assez au delà pour avoir pu apercevoir le Mississipi et même y entrer.

Si l'on admet cette dernière interprétation, de l'aveu même de Jolliet, Cavelier de la Salle aurait découvert le Mississipi avant Jolliet et Marquette, puisque ces légendes se rapportent forcément à l'expédition de de la Salle en 1669 [2], tandis que Jolliet et Marquette n'ont fait leur remarquable voyage qu'en 1673.

---

[1] Plus tard le comte de Frontenac semble être revenu à une opinion plus flatteuse de Jolliet. «M. de Champigny, dit-il, n'est pas moins disposé que je le suis à ayder Jolliet en tout ce qui se pourra, et il le mérite assurément. » Lettre du comte de Frontenac à M. de Lagny, en date du 2 novembre 1695. Manuscrit aux archives du ministère de la marine.

Le fait est que Louis Jolliet était un très-honnête homme, aussi zélé qu'instruit.

[2] Ces légendes ne peuvent se rapporter à l'expédition supposée de 1670-71,

Mais alors pourquoi Jolliet intitule-t-il sa carte « *Carte de la decouverte du sieur Jolliet* », et comment peut-il écrire au comte de Frontenac à la date du 10 novembre 1674 : « Je descendis jusqu'au 33ᵐᵉ degré, entre la Floride et le Mexique, par une riuiere sans portage ni rapides, aussi grande que le fleuve Saint-Laurent devant Sillery, laquelle va se décharger dans le golfe du Mexique » ? Pourquoi dans la lettre qui accompagne cette fameuse carte, dit-il au comte de Frontenac, en parlant du Mississipi, « cette grande riuiere qui porte le nom de Colbert pour avoir esté *découuerte* ces dernières années 1673 et 1674, *par les premiers ordres que vous me donnastes* » ; et comment Frontenac, lui, l'ami, l'associé, le protecteur zélé de de la Salle, se rend-t-il responsable de ces assertions en les transmettant à Colbert ? Ces assertions Frontenac les répète, les approuve, il les revèt de son propre langage et de sa haute autorité, en disant que Jolliet vient de découvrir « *la grande riviere qui va du Nord au Sud,* » et dans quel document ? Dans la lettre même où il témoigne de sa vive sollicitude pour Cavelier de la Salle et espère par ses recommandations faire obtenir à ce dernier la concession d'un fort, des terres et une seigneurie !

Non, il n'est pas prouvé que Cavelier de la Salle soit allé jusqu'au Mississipi entre les années 1669 et 1672, ni même avant le retour de Jolliet à Québec en 1674. Dans l'état actuel de la question, la priorité — non de la découverte du grand fleuve, laquelle appartient à Hernando de Soto, mais de la première vue, description et exploration de ses rives par des Français, — revient à Louis Jolliet et au père Marquette.

II

Jolliet ne devait pas accomplir seul cette entreprise hardie. Les jésuites, de leur côté, n'avaient cessé de s'enquérir de cette grande rivière, et dès 1670, le P. Dablon [1] informait le supérieur général du

---

puisque la seule description que nous ayons de cette seconde exploration, c'est-à-dire, le mémoire de l'ami de Galinée, déclare explicitement que c'est par les grands lacs et la rivière des Illinois que de la Salle serait entré dans le Mississipi, tandis que dans les cartes de Jolliet, on ne donne comme tracé du voyage de de la Salle que l'Ohio. Or la seule tentative par cette route dont nous ayons connaissance, est justement celle qui fut faite par ce dernier en 1669.

[1] «Ce qui a été remarqué dans quelques-unes des relations précédentes tou-

résultat de ses investigations, qui lui semblaient assez positives pour tenter le voyage l'année suivante.

Le P. Allouëz, à son tour, donnait, de sa mission de la baie des Puants, des détails dans un style[1] qui laisse supposer que c'est presque *de visu* qu'il décrivait le grand fleuve.

Toutes ces suppositions devaient trois années plus tard se trouver confirmées par suite des efforts de Jolliet et d'un des plus jeunes pères de la compagnie de Jésus, Jacques Marquette.

Marquette est né à Laon, en 1637, d'une des plus anciennes familles du Soissonnais. Il entra dans l'ordre des jésuites en 1654. Le 20 septembre 1666, il débarquait au Canada, et commençait son œuvre de missionnaire. Après deux années passées aux Trois-Rivières avec le P. Gabriel Dreuilletes, il fut envoyé, le 21 avril 1668, au lac Supérieur, chargé de diriger une des missions dépendantes de celle des Outaoüaks, et qu'il établit au saut Sainte-Marie, avec l'aide du P. Dablon, en 1669. L'automne suivant il alla remplacer le P. Allouëz à la Pointe du Saint-Esprit. C'est en ce lieu éloigné, de l'extrémité du lac des Ottowas, qu'il conçut l'idée d'explorer ce fleuve tant vanté, pour y convertir les peuplades indiennes qui en habitaient les rives [2].

Marquette était nécessairement en rapport avec les trappeurs, les coureurs de bois et les agents que le gouvernement de la Nouvelle-France envoyait dans ces régions lointaines, ou qui de leur chef s'y

---

chant cette matière, s'est confirmé de plus en plus par le rapport des sauvages, et des instructions que nous en avons tirées, à scavoir : qu'à quelques journées de la Mission de saint François Xavier, qui est la Bay des Puants, se trouve une grande riviere large d'une lieuë et davantage, qui venant des quartiers du Nord, coule vers le Sud, et si loin que les sauvages qui ont navigué sur cette riviere, allant chercher des ennemis à combattre, après quantité de journées de navigation, n'en ont point trouvé l'embouchure, qui ne peut estre que vers la mer de Floride, ou celle de Californie. Il sera parlé ci-après d'une nation bien considérable, qui habite vers cette riviere et du voyage que nous espérons y faire cette année.» Relation de 1669-1670, p. 80.

[1] « Ces peuples sont establis en un très-beau lieu, où l'on voit de belles plaines et campagnes à porte de veüe ; leur riviere conduit dans la grande riviere nommée Messi-Sipi ; il n'y a que six jours de navigation. C'est le long de cette riviere où sont les autres nombreuses nations. » Relation de 1669-1670, p. 100.

[2] « Quand les Illinois viennent à la Pointe, ils passent une grande riviere qui a quasi une lieuë de large. Elle va du Nord au Sud, et si loin, que les Illinois qui ne sçavent ce que c'est que du canot, n'ont point encore entendu parler de la sortie.... Il est difficile que cette grande riviere se decharge dans la Virginie ; et

livraient à la traite des pelleteries. C'est ainsi qu'il connut Louis Jolliet, avec qui il s'entretint souvent de ce projet de découverte que
Jolliet de son côté avait peut-être déjà tenté, mais qui, en tout cas, par
ses nombreux voyages, ses rapports journaliers avec les Indiens et sa
connaissance du pays, devait posséder d'utiles informations.

Aussitôt que Jolliet eut reçu des instructions dans le courant d'octobre 1672, il se mit en route pour Michillimackinak (*Mackinaw*), où il
arriva un mois après. Marquette l'y attendait[1]. Jolliet passa l'hiver à
la mission, et au printemps de 1673, « vers le commencement de
juin », [2] ou le 13 may,[3] ou le 17ᵉ jour de may,[4] Jolliet et le P. Marquette, accompagnés de cinq autres Français, partirent enfin de Mackinaw à la recherche du grand fleuve.

Suivant le détroit de Michillimackinak, les rives Nord du lac des
Illinois (*Michigan*), et de la baie des Puants (*Green Bay*), ils naviguè-
rent jusqu'à la rivière de la Folle-Avoine (*Ménomonie*), à l'embouchure de laquelle ils débarquèrent. Après un court séjour au milieu
des sauvages de cette région qui cherchèrent à les dissuader d'aller
plus loin, remontant dans leurs canots, ils descendirent jusqu'à l'extrémité Sud de la baie des Puants, où ils trouvèrent une rivière (*Fox
river* ou des Renards) qui s'y jette. Ils la remontèrent malgré les
rapides jusque chez les Maskoutens, où ils arrivèrent le 7 juin 1673.
Tous ces pays avaient déjà été explorés par les PP. Dablon et Allouëz
en 1670. Trois jours après, conduits par des guides de la race Miamie,
ils reprirent leur voyage, en quête de la rivière « qu'ils savaient qu'à
trois lieues de Maskoutens se décharge dans le Mississipi[5]. » Arrivés à
un portage de 2,700 pas, nos voyageurs transportèrent leurs canots

---

nous croyons plûtost qu'elle a sa debouchure dans la Californie. Si les sauvages
qui me promettent de faire un canot, ne me manquent point de parole, nous irons
dans cette riviere tant que nous pourrons avec un François. » (*Loc. cit.*,
p. 91.)

[1] « Etant arrivé aux Outaouais, M. Jolliet se joignit au P. Marquette qui l'attendait pour cela, et qui depuis longtemps préméditait cette entreprise, l'ayant
bien des fois concertée ensemble. » *Relation des années 1672-1673, envoyée par
le P. Dablon,* édit. Douniol, vol I, p. 194.

[2] *Collection Douniol,* I, p. 194.

[3] *Récit de Marquette,* édit. de Thevenot, p. 1.

[4] Edit. de Shea, p. 233.

[5] Page 237 du texte de Sainte-Marie, où nous prenons de même les extraits
suivants.

par terre et entrèrent dans cette rivière que Marquette appelle « Mes-
kousin[1] », et qui est aujourd'hui connue sous le nom de Wisconsin[2].

Ils descendirent le grand fleuve, mais ce n'est que le 25 juin, « ayant
fait deia plus de cent lieuës, » qu'ils aperçurent, « sur le bord de l'eau
des pistes d'homme. » Débarquant immédiatement, ils suivirent ces
traces qui les conduisirent à des lieux habités. C'était un village d'Illinois, où ils restèrent jusqu'à la fin du mois.

Continuant à descendre le Mississipi, ils reconnurent la rivière Peki-
tanouï (*Missouri*)[3], l'Ouaboukigon (*Ohio*)[4], pour s'arrêter à un village
nommé Arkamsea. Là, « après avoir attentivement considéré, dit
Marquette, que nous n'estions pas loing du golphe Mexique.... et
nous trouvant à 33 degrez 40 minutes nous ne pouvions pas en estre
eloignes plus de 2 ou 3 journées, que indubitablement la riviere Mississipi avoit sa decharge dans la Floride ou golphe Mexique.... que
nous nous exposions à perdre le fruict de ce voyage duquel nous ne
pourrions donner aucune connoissance, si nous allions nous jetter
entre les mains des Espagnols.... », ils se décidèrent à revenir.

Ces détails et le mot Arkamsea, Akamska[5] ou Akansea, qui se re-
trouve sur la carte, en face d'une petite rivière située à l'Ouest du
Mississipi, détermine l'opinion que Marquette et Jolliet sont descendus
jusqu'à l'Arkansas.

Ils repartirent « sans autre guide que leur boussole[6] » le 17 juillet
du village d'Akensea, remontèrent le Mississipi malgré les courants,
et le quittèrent « vers le 38e degré pour entrer dans une aultre riviere
(celle des Illinois), qui nous abbrege de beaucoup le chemin, et nous
conduit avec peu de peine dans le lac des Ilinois[7]. »

Nos voyageurs étaient de retour à la baie des Puants sur la fin de

---

[1] *Mescousin* (Thevenot).

[2] « Après 40 lieuës sur cette mesme route nous arrivons, ajoute le père, à l'embouchure de nostre riviere et nous trouvant à 42 degrez et demy d'eslevation,
nous entrons heureusement dans Mississipi (*Mississipy*, édit. de Thevenot) le 17e
juin avec une joye que je ne peux pas expliquer. »

[3] *Pelikanoni* (Thevenot). Le récit ne mentionne par la rivière des Illinois.

[4] *Ouabouskigon* (Thevenot).

[5] Edit. de Thevenot.

[6] *Dablon*, (dans la coll. Douniol, I, p. 199.)

[7] C'est probablement de leur retour par cette voie que date la découverte de la
rivière des Illinois, à laquelle Jolliet semble le premier avoir donné le nom de
la Divine.

septembre 1673, après une absence de quatre mois et une navigation de plus de 800 lieues.

Le P. Marquette resta à la mission de Saint-François-Xavier, où il écrivit cette relation [1] pendant les loisirs que lui laissait une maladie.

Après un autre voyage à Kaskaskia chez les Illinois, Jacques Marquette mourut sur les bords d'une petite rivière située près du promontoire appelé aujourd'hui *Sleeping Bear*, dans le lac Michigan, le 19 mai 1675 [2].

Quant à Jolliet[3], après avoir hiverné à la mission Saint-François-Xavier, à Green Bay, il se mit en route pour Québec afin de rendre compte de son voyage au comte de Frontenac ; mais vers le 15 août 1674, près du saut Saint-Louis et de Montréal, son canot chavira, il fut précipité dans le Saint-Laurent, faillit perdre la vie, et la cassette contenant ses cartes et ses papiers disparut au fond du fleuve[4]. On ne put la retrouver. C'est donc de mémoire que furent dressées les deux cartes signées de lui que nous avons mentionnées. Quant aux doubles des cartes originales et du journal perdus dans ce naufrage nul ne sait ce qu'ils sont devenus.

---

[1] Celle publiée dans le petit recueil de Thevenot, Paris, Michallet ou Billaine, 1681, in-8.

[2] *Etat présent des missions pendant l'année* 1675. Collection, Douniol, II, p. 21, et Parkman, *Great West*, p. 71.

[3] Louis Jolliet se maria le 7 octobre 1675 avec Claire Bissot, de Québec, mais fille de Normands de Pont-Audemer. Il partit le 13 mai 1679, pour une expédition à la baie d'Hudson, d'où il revint le 27 octobre suivant. En mars 1680, il reçut la concession de l'île d'Anticosti et pendant plusieurs années s'y livra à la pêche et à des travaux hydrographiques. Ruiné par les Anglais lors de leur attaque en 1690, il recommença ses excursions dont une en 1693, fut au Labrador. En 1695 il alla pour la première fois en France, il revint avec l'emploi d'hydrographe du roi, vacant, paraît-il, par la mort de J. B. Franquelin. (*Liste des intéressés de la compagnie du Canada, dressée en* 1708 *par M. Raudot, intendant de la Nouvelle-France.* Manuscrit aux archives du ministère de la marine.) Il mourut très-pauvre dans une des îles Mingan, celle qui est située devant le gros Mecatina.

Mais en quelle année? On a une carte de lui, dressée sous la date du 23 octobre 1699, tandis qu'une pétition des jésuites datée du 18 octobre 1700 sollicite comme étant vacante la classe d'hydrographie dont il était titulaire. C'est donc entre ces deux dates qu'il faut placer l'époque précise de sa mort. M. Margry, *Les entreprises de L. Jolliet*, Ferland, *Registres de Notre-Dame de Québec*.

[4] « Nous ne pouvons donner cette année tous les renseignements qu'on pourrait « désirer sur une découverte si importante, parce que le sieur Jolliet, qui nous « en rapportait la relation avec une carte très-exacte de ces nouveaux pays, l'a

De ce mémorable voyage nous possédons trois ou quatre versions, émanant cependant d'une seule, qui est l'œuvre du P. Marquette.

La première fut publiée par Thevenot qui n'en indique pas la provenance. Il est probable cependant que son texte aura été copié sur celui qui fut envoyé par le P. Dablon pour le provincial de France en 1678. Cela est d'autant plus admissible que ce dernier texte qui se trouve, dit-on, encore parmi les archives des jésuites à Paris, contient le passage et le chant du Calumet avec la musique notée qui manquent au manuscrit de Sainte-Marie ; et non-seulement le texte de Thevenot donne ce long passage, mais à la page 27 il y a un espace de plusieurs lignes, laissé avec intention, et qui indique la présence dans l'original d'un morceau que l'imprimeur ne pouvait intercaler, faute de planche gravée ou de caractères de musique.

Cette version fait partie du petit recueil de Thevenot imprimé en 1681, et a été reproduite avec la carte par M. Obadiah Rich [1].

Le P. Claude Dablon avait préparé, pour être publiée, la relation du voyage de Marquette. Ce manuscrit resta pendant de longues années oublié dans les archives du collége des jésuites à Québec. Après la capitulation de Montréal, en 1760, les ordres religieux furent à peu près supprimés au Canada par le gouvernement anglais, qui ne permit plus aux PP. jésuites de se recruter. Ceux qui restèrent ne tardèrent pas à s'éteindre, et à la fin du xviiie siècle, il n'en restait plus qu'un, le P. Jean Joseph Casot, qui vivait au Canada depuis 1757. Il mourut à Québec le 16 mars 1800, mais avant de mourir, il déposa entre les mains des religieuses de l'Hôtel-Dieu de Québec un certain nombre de documents choisis à la hâte parmi les archives des jésuites, dont il était le dernier dépositaire. Le voyage du P. Marquette se trouvait du nombre.

« perdue dans un naufrage.... Voici toutefois ce que nous en avons recueilli, « d'après ce qu'il nous en a raconté. L'année prochaine nous en donnerons une « pleine relation. Le P. Marquette ayant gardé une copie de celle qui a été per- « due, on y verra bien des choses capables de contenter les envieux.... »

La copie gardée par le P. Marquette est évidemment l'original, mais le passage suivant ne laisse aucun doute sur l'existence d'un double de la relation écrite par Jolliet :

«En attendant *le journal de ce voyageur*, nous pouvons faire les remarques suivantes», etc. Dablon, Relation des années 1673-74, Collection Douniol, I, p. 199.

[1] Paris chez Maulde et Renou, 1846, in-12, 43 pp. et carte.

Les jésuites revinrent au Canada en 1842. Les religieuses remirent alors ce manuscrit au P. Félix Martin, des mains duquel il passa en dernier lieu à M. John Gilmary Shea. Ce document est, d'après M. Shea, à qui nous empruntons la plupart de ces détails, un petit manuscrit in-4, d'une écriture très-lisible, contenant, avec le journal du voyage du P. Marquette chez les Illinois en 1674-75, et le voyage du P. Alloüez, soixante pages. Le manuscrit porte des corrections de l'écriture du P. Dablon. La carte primitive dressée par Marquette fait partie du manuscrit original qui est aujourd'hui déposé au Collége Sainte-Marie, à Montréal. Nous l'appellons manuscrit de *Sainte-Marie* ou *texte de Shea*, à cause de son éditeur, M. J. Gilmary Shea qui l'a le premier publié[1], en y ajoutant une histoire de la découverte du Miśsissipi, une biographie du P. Marquette et des notes qui témoignent de consciencieuses recherches.

Le premier paragraphe du texte de Shea ne se trouve pas dans le texte de Thevenot. On y parle du P. Marquette à la troisième personne, et le style dénote que ces remarques préliminaires ne sont pas de lui. Une partie de la première section est en abrégé dans Thevenot. Mais à partir de la seconde section, les deux textes se suivent, avec cette différence que dans Thevenot certaines phrases ont été retouchées, au point de vue du style seulement. Le texte de Thevenot est aussi le plus complet des deux, puisque M. Shea[2] a dû lui emprunter toute la description de la cérémonie du Calumet, passage qui occupe 140 lignes dans Thevenot; mais les noms propres sont rendus avec moins d'exactitude[3] dans Thevenot que dans Shea.

Le texte de Shea fut ensuite publié à New York[4]. Nous n'avons pu

---

[1] *Discovery and exploration of the Mississipi Valley*, New-York, 1852, in-8, carte et fac-simile d'une lettre de Marquette.

[2] La découverte du fleuve est ainsi annoncée dans Shea: « Nous entrons heureusement dans Mississipi le 17ᵉ juin avec une joye que je ne peux pas expliquer. » Thevenot dit: « Nous entrons heureusement dans Mississipy le 17 juin, avec une joye que je ne puis exprimer. » Cette dernière lecture est préférable, car Marquette n'a pas dû vouloir dire que sa joie était inexplicable.

[3] *Knilm* pour Kaskaskia; *Perroüacca* pour Pesarea, etc.

[4] *Recit des voyages et découvertes du R. P. Jacques Marquette, de la compagnie de Jésus, en l'année 1673 et aux suivantes; la continuation de ses voyages par le R. P. Allouëz, et le journal autographe du P. Marquette en 1674 et 1675, avec la carte de son voyage tracée de sa main. Imprimé d'après le manuscrit original restant au collége Sainte-Marie, à Montréal.* New-York, Weed, Parson et Cᵒ., 1855, in-8. 3 ff. + 169 pages.

nous procurer cette édition, mais l'avant-propos que nous trouvons dans la collection Douniol, dit que le long passage sur le *Calumet* que M. Shea avait précédemment emprunté au texte de Thevenot, et qui manque au texte de Sainte-Marie, est pris cette fois dans l'extrait qu'en avait fait le P. Lafiteau [1] et un manuscrit conservé chez les jésuites de Paris, où l'on voit le chant noté de la danse du Calumet et le commencement de la septième section [2]. »

C'est ainsi que nous apprenons l'existence d'un troisième manuscrit, envoyé, paraît-il, par le P. Dablon en 1678, et qui n'a pas été l'objet d'une publication spéciale.

Quant au quatrième manuscrit dont nous soupçonnions l'existence par la désignation de *manuscrit romain*, que portent deux variantes ajoutées aux pp. 256 et 270 de l'édition de Douniol, c'est celui du Gesù à Rome, où l'on envoyait toujours un double des pièces, lettres et relations adressées aux supérieurs provinciaux. Ce manuscrit est aujourd'hui au collége des Jésuites de la rue des Postes, à Paris.

A ces publications il convient d'ajouter le récit de la découverte, rédigé par le P. Dablon le 1er août 1674, d'après ce que « le sieur Jolliet avait raconté. » Il se trouve dans le recueil de Douniol [3], qui l'a donné d'après le manuscrit original qui est conservé aux archives du Gesù. Le manuscrit de cette relation du P. Dablon qui se trouve aux archives du séminaire de Saint-Sulpice à Paris, est écrit de la main de Louis Jolliet et suivi d'une lettre signée de ce dernier et adressée au comte de Frontenac. Les archives du Dépôt des cartes de la marine en possèdent aussi une copie de l'époque.

Quant aux cartes, celle qui accompagne l'édition de Thevenot est l'œuvre d'un graveur de Paris, appelée Liebaux, qui l'a copiée d'après un original que nous n'avons pu retrouver [4]. Il ne faut la consulter qu'avec hésitation, car elle donne des parties et des légendes qui

---

[1] *Mœurs des sauvages*, II, p. 320.

[2] C'est cette édition de New-York, qui est reproduite dans les *Relations inédites* de Douniol. Paris, 1861, vol. II, p. 239, avec la carte de Marquette, à laquelle on a ajouté un petit croquis de hutte de sauvage qui ne se trouve pas dans l'édition de Shea. Cette publication qui ne donne qu'un texte tronqué et altéré, a été faite par les soins des PP. Félix Martin et de Montezon.

[3] Vol. I, p. 198.

[4] M. Parkman (*Great West*, p. 408) pense que c'est la carte (autrefois aux estampes de la Bibliothèque nationale, et aujourd'hui égarée) qui porte le titre

étaient absolument supposées en 1681, puisque nous y voyons que le Mississipi, ici appelé *Mitchisipi ou grande Rivière*, coule sans discontinuer jusqu'au golfe du Mexique.

La carte qui accompagne l'édition de M. Shea au contraire, quoique d'un travail assez grossier, est de la main du P. Marquette, et authentique.

---

de *Carte de la nouvelle découverte que les pères jésuites ont fait en l'année 1672, et continuée par le P. Jacques Marquette de la mesme compagnie, accompagné de quelques François en l'année 1673, qu'on pourra nommer en françois la Manitoumie.*